El Enano Saltarín

El Enano Saltarín

CUENTO DE LOS HERMANOS GRIMM

ADAPTACION E ILUSTRACIONES DE

PAUL O. ZELINSKY

DUTTON CHILDREN'S BOOKS NEW YORK

Por su generosa colaboración quiero dar las gracias a
Maria Mileaf y a Alexandre Proia; y a Deborah, mi mujer,
por su apoyo y su paciencia. P.O.Z.

CIP Data disponible.
Publicado en los Estados Unidos 1992 por
Dutton Children's Books,
una división de Penguin Books USA Inc.
375 Hudson Street, New York, New York 10014
Diseñadora: Riki Levinson
Impreso en Hong Kong por South China Printing Co.
Primera Edición Americana 10 9 8 7 6 5 4 3 2
Edición en inglés disponible.
ISBN 0-525-44903-5

Este libro
es para
Anna

Había una vez un molinero pobre que tenía una preciosa hija.

Un día, de camino a la ciudad, el molinero se encontró con el rey. Intentando impresionarle, el molinero dijo: «Tengo una hija que conoce el arte de hilar la paja y convertirla en oro».

El rey sentía pasión por el oro y tal arte le intrigaba. Así pues, ordenó al molinero que mandara a su hija al castillo inmediatamente.

Cuando conoció a la muchacha, el rey la llevó a una habitación repleta de paja. Le entregó unos carretes y una rueca y le dijo: «Tienes toda la noche para hilar, pero si mañana no has convertido esta paja en oro, morirás». Dicho esto cerró la puerta con llave dejando a la joven sola.

Y allí se quedó la hija del molinero pobre, sin la menor idea de cómo se podía hilar la paja para convertirla en oro. No sabía qué hacer para salvar su vida. Cada vez estaba más asustada y empezó a llorar.

De repente se abrió la puerta de golpe y entró un hombrecito.

—Buenas noches, Señorita Molinero —dijo— ¿Por qué lloras?

—¡Oh! —sollozó la muchacha—. Tengo que convertir toda esta paja en oro con la rueca, y no sé cómo.

—¿Qué me darías si yo la hilara? —preguntó el enano.

—Mi collar —contestó la joven.

El hombrecito cogió el collar y se sentó en la rueca. Tiró tres veces —*¡wir! ¡wir! ¡wir!*— y el carrete apareció enrollado con hebras de oro. Colocó otro carrete en la rueca y —*¡wir! ¡wir! ¡wir!*— tres tirones y también apareció este carrete lleno de oro. Así siguió hasta la mañana siguiente, cuando toda la paja había sido hilada y los carretes estaban llenos de oro.

Cuando el rey llegó de madrugada, se quedó maravillado y muy complacido, pero todo aquel oro le hizo más codicioso todavía.

Condujo a la hija del molinero a una habitación más grande llena de paja y le ordenó que la hilara antes del amanecer, si es que quería salvar su vida.

La muchacha no sabía qué hacer. Se puso a llorar. Una vez más se abrió la puerta y el hombrecito entró. —¿Qué me darías si hilo la paja y la convierto en oro? —preguntó.

—El anillo que llevo en este dedo —contestó la muchacha, y el enano cogió el anillo. Entonces puso la rueca en marcha y antes de que se hiciera de día ya había hilado toda la paja y la había convertido en oro.

Poco después del alba, volvió el rey. Enormes pilas de carretes dorados brillaban con la luz de la mañana. El rey se regocijó ante la vista de tanto oro, pero todavía no estaba satisfecho.

Condujo a la hija del molinero a una tercera habitación, aún mayor que la anterior, llena de paja hasta el techo. —Esta noche tienes que hilar esta paja también —le ordenó el rey—. Si lo consigues, me casaré contigo. Porque —pensó— no podría encontrar otra mujer más rica en el mundo.

Cuando se marchó el rey, apareció el enano por tercera vez. —¿Qué me darías si la hilo una vez más? —preguntó.

—Ya no tengo nada —contestó la muchacha.

—Entonces, prométeme que cuando seas reina, tu primer hijo me pertenecerá.

La hija del molinero suspiró. ¿Cómo iba a prometer una cosa así? Entonces pensó: «¿Quién sabe si alguna vez llegaré a tener un hijo?» Y como no se le ocurría ningún otro modo de salvar su vida se lo prometió y, una vez más, el hombrecito convirtió la paja en oro.

Cuando el rey entró en la habitación a la mañana siguiente y descubrió que todo estaba como él había deseado, se casó con la bella hija del molinero y así la convirtió en reina.

Pasó un año y la reina dio a luz un precioso niño. No se acordó del enano. Pero un día apareció de repente en su habitación. —Ahora me tendrás que dar lo que me prometiste —le exigió.

La reina le suplicó al hombrecito. Se podría quedar con

todos los tesoros del castillo, con tal de que le dejara a su niño. Pero sus súplicas fueron vanas. Entonces empezó a llorar de un modo tan patético que conmovió al enano.

—Te doy tres días —dijo— si para entonces descubres cuál es mi nombre te podrás quedar con tu hijo.

La reina pasó la noche y el día siguiente recordando los nombres que conocía.

Por la tarde volvió el enano. La reina enumeró todos los nombres que recordaba, empezando por Melchor, Gaspar y Baltasar. Pero a todos replicaba el hombrecito: «No me llamo así».

El segundo día la reina mandó preguntar por la ciudad, en busca de nuevos nombres. Y cuando el enano llegó esa noche, la reina le recitó los nombres más extraños y extravagantes. Probó con nombres tales como Anacleto, Altamiro o Rigoberto, pero él sólo contestaba: «No me llamo así».

Fue entonces cuando la reina se asustó de verdad y envió a su más fiel doncella al bosque para que buscara al hombrecito. La doncella buscó entre los matorrales y los claros en lo más

profundo del bosque. Por fin, cerca de la cima de una alta colina, lo encontró.

Estaba montado sobre una cuchara de palo, al abrigo de un gran fuego y gritando:

Cuezo mi pan y hago mi cerveza,
Y pronto será mío el hijo de la reina.
¡Mi nombre es Enano Saltarín!
Nadie lo sabe ¡Soy muy feliz!

La doncella emprendió el camino de vuelta tan rápido como le fue posible y a mediodía llegó al castillo. Imaginad lo contenta que se puso la reina cuando oyó aquel nombre.

Por la noche llegó el hombrecito. Bueno, Señora Reina —dijo—, ¿sabes cómo me llamo o me llevo al niño?

—¿Te llamas Guillermo? —le preguntó la reina.

—No.

—¿Te llamas Felipe?

—No.

—En ese caso, ¿no te llamarás Enano Saltarín?

—¡El demonio te lo ha dicho! ¡El demonio te lo ha dicho! —gritó el Enano Saltarín y furioso saltó encima de su cuchara de palo y salió volando por la ventana.

Y nunca más se volvió a saber de él.

COMENTARIOS SOBRE ESTE CUENTO

Jacob y Wilhelm Grimm empezaron a recopilar cuentos populares en 1806. Dos años después, Jacob envió un cuento titulado *Rumpenstünzchen* a su amigo y antiguo profesor Friedrich Karl Von Savigny. En este cuento una joven, a la que se le da lino para hilar, se aflige al comprobar que de su rueca sólo salen hebras de oro. Entonces aparece un hombrecito que le ofrece su ayuda y consigue que un príncipe se case con ella y acabe con su pobreza. Pero a cambio el enano pone un precio: el primer hijo que tenga. La princesa sólo podrá quedarse con su hijo si adivina el nombre de este extraño personaje. Ella decide mandar a su doncella al bosque y ésta ve al enano montado sobre una cuchara de palo dando vueltas en torno a un gran fuego, mientras canta y dice su nombre *Rumpenstünzchen.* Al día siguiente, el enano vuelve al castillo para que la princesa le diga su nombre, ella lo hace y él sale volando por la ventana montado en su cuchara.

Rumpenstünzchen fue incluido también entre los manuscritos que los Hermanos Grimm mandaron en 1810 a su amigo el escritor Clemens Brentano. Dichos manuscritos, la mayoría transcripciones directas de cuentos transmitidos oralmente, fueron encontrados años más tarde entre los papeles de Brentano y son los textos más antiguos de lo que sería más tarde, después de grandes ampliaciones y correcciones, la colección clásica de los Hermanos Grimm: *Cuentos Populares para Niños,* publicada por primera vez en 1812.

La primera edición presentaba un *Rumpelstilzchen* (El Enano Saltarín) en el que un rey forzaba a la hija de un molinero a convertir la paja en oro; sin embargo, no se hacía mención de la rueca ni del hilado. En esta versión, es el propio rey el que encuentra, por casualidad, al Enano Saltarín en el bosque y quien le descubre a la reina su nombre. Cuando la reina adivina el nombre de Enano Saltarín, él sale corriendo hecho una furia y no vuelve jamás.

En la segunda edición, 1819, de *Cuentos Populares para Niños,* El Enano Saltarín aparece en su forma más conocida hoy en día: la hija del molinero debe hilar la paja y convertirla en oro; y el enano va tres veces al castillo para saber si la reina ha logrado adivinar su nombre y cuando lo oye correctamente, golpea el suelo con el pie, se coge el otro pie y se parte por la mitad. Las notas de los Hermanos Grimm a esa edición confirman la idea de que habían recopilado esta versión del cuento a partir de «cuatro versiones diferentes que coinciden en lo fundamental y difieren en los detalles». Esas cuatro versiones no han subsistido como variantes separadas. El texto de 1812 combina dos de estas variantes. *Rumpenstünzchen* es la quinta variante.

Desde la tercera edición de la colección hasta la última de 1857, los Hermanos Grimm siguieron revisando los textos; los cambios que sufrió El Enano Saltarín fueron menos sustanciales que los que sufrieron otros cuentos.

El texto que aquí se presenta está basado principalmente en El Enano Saltarín de 1819. Algunos de los diálogos están tomados de ediciones más tardías, y he añadido algunas líneas donde me ha parecido oportuno. Asimismo, he variado algunas partes para incluir elementos de versiones más tempranas, con la esperanza de adaptar adecuadamente el texto a un libro con ilustraciones.

PAUL O. ZELINSKY